Début d'une série de documents
en couleur

ŒUVRES de
Georges COURTELINE

LES
Gaités de l'Escadron
LES TIR AU CUL

ALBIN MICHEL, ÉDITEUR
59, RUE DES MATHURINS, PARIS

Les Œuvres
De GEORGES COURTELINE

30 centimes le Volume
Franco : 40 Centimes

Rien de plus amusant que la collection des livres de **Georges Courteline** : *Les Gaîtés de l'Escadron, Le Train de 8 h. 47, Boubouroche, Messieurs les Ronds de Cuir, etc.,* car **Courteline** est le seul qui ait su faire jaillir avec intensité le comique découlant du ridicule des hommes et de la bêtise des choses. Une philosophie railleuse se joue sous la vérité simple et forte de ses peintures de la vie de bureau autant que de la vie de caserne et il faut admirer en lui un des plus parfaits écrivains de ce temps.

Nous croyons donc avoir eu une heureuse idée en mettant **l'Œuvre de Courteline** à la portée de toutes les bourses en la publiant par volumes de 80 pages ornées de nombreuses illustrations de **Steinlen**, de **Albert Guillaume** et de **Barrère**, sous couvertures illustrées, pour la modique somme de **30 centimes** le volume. C'est un véritable tour de force.

Les **Œuvres de Georges Courteline**, à **30 centimes** le volume, sont en vente dans toutes les librairies, kiosques, bibliothèques, gares et marchands de journaux. La collection comprend 24 volumes.

Le Train de 8 h. 47.	Dindes et Grues.
Les Gaîtés de l'Escadron.	Messieurs les Ronds de Cuir.
Lidoire et Potiron.	
Boubouroche.	Ah! Jeunesse!...
L'Ami des Lois.	Théodore cherche des allumettes.
Femmes d'Amis.	
Margot.	Facéties de Jean de la Butte, etc.
Les Fourneaux.	

Pour recevoir à domicile et franco de port par la poste la collection des **Œuvres de Courteline**, au fur et à mesure de l'apparition des 24 volumes, envoyez à M. **Albin Michel** la somme de **10 francs** en timbres ou mandat, bon de poste.

2515-04. — CORBEIL. Imprimerie ÉD. CRÉTÉ.

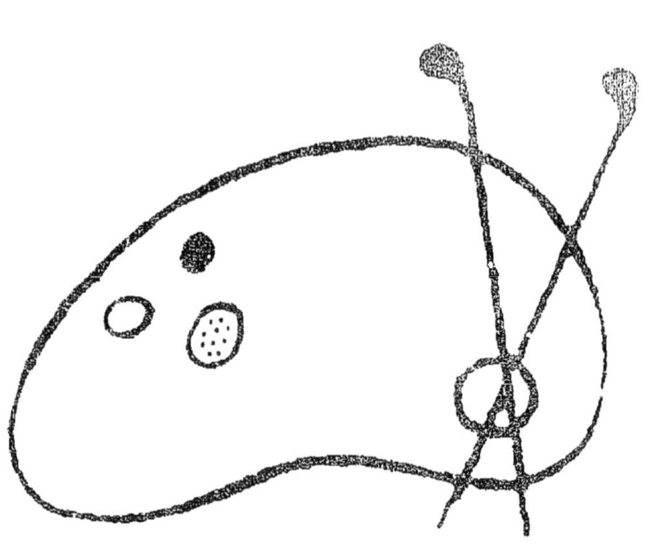

Fin d'une série de documents
en couleur

LES TIRE-AU-CUL

PAR

GEORGES COURTELINE

Illustrations de L. Bombled, Albert Guillaume et Barrère

PARIS

ALBIN MICHEL, ÉDITEUR

59, RUE DES MATHURINS

L'ES TIRE-AU-CUL

NOUVEAU MALADE

I

Le trompette n'avait pas achevé la première note des quatre appels du soir, que le sous-officier de semaine, parut sur le seuil de la porte, le billet d'appel à la main, très élancé et élégant dans son étroit dolman d'azur que coupait d'une diagonale blonde la courroie du porte-revolver.

Il effleura le bord de son képi, tandis que le brigadier,

garant derrière sa main la flamme de de sa chandelle
que rabattait le brusque courant d'air lançait avec
autorité le phrase cout mière et traditionnelle de
chaque soir :

— Silence à l'appel ! Manque personne, maréchal-
logis.

Puis tous les deux, l'un suivant l'autre, ils com-
mencèrent l'inspection. C'était dimanche : le bruit
d'une fête aux environs avait fait le vide au quartier
La longue enfilade des lits garnis de leurs couvre-pieds
bruns, se perdait presque immédiatement dans l'ombre
confuse de la chambre que perçait de ci et de-là la
traînée blêmé d'un fourreau d'acier, l'étincelle d'une
gourmette de cuivre.

Seuls entre les quatre murailles nues, les deux
hommes avec la hâte d'en finir, accomplissaient la
dernière tâche de la journée, passaient d'une couchette
à l'autre, le sous-officier écoutant sans répondre
l'explication jetée d'un mot, à chaque place inoc-
cupée :

— Lidoire, permissionnaire ; Joberlin, permissionnaire ; Vachette, permissionnaire ; Sinoquet, garde
d'écurie ; Vanderague, permissionnaire ; Laigrepin
garde de police ; Cabriol, permissionnaire, et cœtera

Quand ils furent parvenus au lit de Vergisson, le maréchal des logis s'arrêta et toucha le pied du lit, du doigt.

Il demanda :

— Qui couche là ?

— Vergisson, dit le brigadier, permissionnaire de dix heures.

Il y eut une minute de silence.

Penché sur ses paperasses qu'éclairait faiblement

la lueur jaunâtre de la chandelle, le sous-officier consultait ses listes, les parcourait d'un lent regard, l'une après l'autre.

Le brigadier, immobile, attendait.

Brusquement, le sous-officier se redressa, et :

— Ce n'est pas vrai, fit-il. Le soldat Vergisson a eu sa permission refusée au rapport. Pourquoi me fichez-vous un mensonge ?

Pris sur le fait, l'interpellé ne trouva pas un mot à dire.

Il conserva son immobilité, la tête droite, regardant l'autre stupidement.

Le maréchal des logis continua :

— Vous aurez deux jours de salle de police pour vous apprendre à mentir. C'est la troisième fois que ça vous arrive. Quant au *permissionnaire*, dès qu'il rentrera, vous me le flanquerez à la boîte de pied ferme. Eh bien, quoi ? Quand vous resterez là à me regarder comme une brute. Avez-vous compris, oui ou non ?

Le brigadier eut un hochement de tête. Il dit entre ses dents :

— Certainement ; j'suis pas sourd.

— Eh ben, tant mieux pour vous, fit encore le sous-off. Et tâchez d'être poli, n'est-ce pas ? on c'est à moi que vous aurez a faire.

L'incident était clos.

Le sous-officier de semaine acheva sa tournée et sortit, sans ajouter une parole.

Demeuré seul, le brigadier commença par donner libre cours à son exaspération. Il se mit à jurer tout haut, lança des coups de pied dans le fer des châlits, s'annonça à lui-même qu'il en avait assez et se mit au courant de son propre dégoût pour le noble métier des armes ; puis, apaisé et n'ayant rien de mieux à faire pour le moment, il se prépara à se coucher. Il colla donc, d'une goutte de suif, une chandelle au bout de sa patience dont il introduisit l'autre extrémité sous la pile de vêtements que contenait sa charge, et ayant enlevé ses bottes à la lueur de ce chandelier improvisé, il commença, assis de côté sur son lit, à déligotter ses chaussettes russes. Ceci fait, il enleva sa veste, dégagea ses épaules des bretelles crasseuses qui maintenaient à la hauteur des seins le lourd pantalon garni de cuir, et se fourra frileusement dans ses toiles.

Neuf heures tintèrent au dehors, puis neuf heures et demie.

Le trompette, dans la solitude de la cour, sonna la fermeture des cantines.

II

Vergisson rentra à la chambre l'un des premiers. Le brigadier qui le guettait, se soulevant hors de son lit à chaque nouveau battement de porte, lui cria de loin :

— Ohé, Vergisson !

— Quoi ?

— En tenue ! Tu vas descendre à la boîte !

Le soldat s'arrêta net :

— Qu'est-ce que tu dis ?

— Je dis, répondit le brigadier, que j'ai écopé de deux jours pour t'avoir annoncé comme permissionnaire de dix heures et que j'ai ordre du sous-officier de semaine de te faire fourrer à l'ours sitôt rentré.

Vergisson s'approcha :

— Il t'a dit ça, le sous-officier de semaine ? Eh ben, mon vieux, tu lui diras de ma part que je me fous de lui, et de toi, et pis encore de tout le monde, et des autres par-dessus le marché. A l'ours ! A dix heures du soir ? Tu te ficherais de ma viande. Tiens, voilà comme je vais y descendre, à l'ours !

Et ce disant, il s'appliqua du bout des doigts une claque sonore sur la bouche.

— C'est bon, reprit le brigadier, en voilà assez comme ça ; je veux pas de pétard à la chambre à

c't heure ci. Colle-toi en tenue et ça fera le compte, voilà tout ce que j'ai à te dire.

Le soldat eut un ricanement ; il fit demi-tour et regagna sa place.

— Cré nom de Dieu ! hurla le brigadier qui le suivait

de l'œil, avec une méfiance inquiète ; v'là comment que t'écoutes, alorss !

Comme si rien ne se fut passé, l'honnête Vergisson préparait son coucher.

Il avait dégrafé son sabre, qui, maintenant, se balançait au flanc de sa charge, suspendu par les bélières, et, tranquillement, il dégageait son traversin enroulé dans l'épaisse couverte, se creusait à grandes pesées un nid douillet dans sa paillasse.

— Tu m'embêtes, déclara-t-il simplement ; je danse depuis midi, j'en ai plein les pattes, et pour aller passer la nuit au lazaro, macache, c'est midi sonné ! Tu te payerais ma viande, que je te dis ! D'ailleurs que ça te convienne ou que ça ne te convienne pas, c'est kif-kif bourriquo. Bonsoir.

Le brigadier resta un instant sans répondre, suffoqué, cherchant une réplique.

Mais tout à coup il se dressa, sa chemise bâillant sur sa poitrine velue, et, la main tendue et tremblante :

— Vergisson, bégaya-t-il, je vous ordonne de vous mettre en tenue séance tenante et de vous rendre à la salle de police !

Vergisson eut un demi-sourire :

— C'est bon. Fais donc pas l'imbécile, dit-il sans s'émouvoir.

— Vergisson, reprit le brigadier, je vous ordonne pour la seconde fois...

Mais il n'en put dire davantage.

— Zut! s'exclama Vergisson ; va te faire foutre! Ça devient ridicule à la fin, qu'on ne puisse pas pagnoter en paix et ronfler à son aise quand on est éreinté ! Eh ben, je me porte de nouveau malade, comme ça tu me laisseras tranquille, hein !

L argument était sans réplique ; au régiment un homme malade est sacre. La colère du brigadier se calma instantanément.

— Oh b n, fit-il, dès lors que tu es malade, c'est une affaire entre le médecin-major et toi. Tâche à être reconnu, v'là tout ; sans quoi, tu sais, t'y coupes pas.

— C'est bon ; conclut Vergisson. Je m'en charge.

III

Le lendemain matin, au réveil, Vergisson resta couché tandis que les copains, un à un, partaient à la corvée de litière.

Voluptueusement pelotonné sous ses toiles, fumant silencieusement une première cigarette dont l'étincelle, à chaque bouffée, piquait la nuit d'une rougeur subite, il cherchait avec anxiété la nature et les différents symptômes de la maladie de commande qui allait l'amener, à quelques heures de là, sous l'œil inquisiteur du médecin-major, personnage assez peu commode, bête comme une oie, ignorant comme une carpe mais entêté comme une mule, rendant ses arrêts sans appel, à la bonne fortune du moment et selon qu'il s'était levé du pied droit ou du pied gauche,

Heureusement, depuis une semaine, une épidémie de dyssenterie s'était abattue sur l'escadron. Non reconnus à la visite, deux hommes avaient été enlevés brusquement, passant de vie à trépas sous le nez du major avant seulement que ce cancre ahuri eût eu le temps de se reconnaître.

Vergisson pensa :

— Bah ! tant pis, la mode est la diarrhée : si ça ne prend pas, nous le verrons bien.

Et il se rassura à demi, tout à la joie de couper au pansage et de rester chaudement dans son pieu tandis que les autres pivotaient, trituraient le fumier encore tiède entre les sabots des chevaux, et balladaient les civières de bois, à travers les cours du quartier, sous le ciel à peine pâli de cette matinée glaciale.

D'ailleurs, ce petit plan réussit à merveille. Vergisson n'eut pa plutôt prononcé le mot de colique, que le major, terrifié à l'idée d'une nouvelle catastrophe, l'avait renvoyé à la chambre avec ordre de se remettre au lit et de préparer son sac pour entrer à l'hôpital le lendemain.

Le drôle accepta la sentence avec la calme résignation d'un brave qui se voit condamné et sait d'avance toute plainte inutile.

Il s'en alla donc le tête basse, la bouche pincée, traînant ses lourds sabots, d'un air d'épuisement, sur le plancher de la salle des visites.

Depuis longtemps l'idée de l'hôpital le hantait, la

vision d'une bonne quinzaine passée tranquillement au chaud, entre deux draps bien moelleux, à l'abri des corvées, des gardes et des revues, le rêve des journées succédant aux journées dans la béatitude d'une oisiveté complète que ne viendraient troubler les

menaces de l'adjudant, les sonneries aux consignés ni les fureurs inapaisables du sous-officier de semaine. Joint à cela, la terreur du froid, qui, devenu intolérable, ajoutait une douceur de plus aux charmes déjà vifs du métier, en gelant chaque nuit un certain nombre de rigolos qu'on retirait le matin de la salle de police avec le nez couleur de cire.

Aussi, de retour à la chambre, le cavalier donna-t-il libre cours aux transports de sa joie bruyante.

— Hé ben, mon vieux, il y a du bon, s'expliquait-il à lui-même avec un sourd ricanement, tandis que le contenu de sa charge disparaissait pièce par pièce dans l'ouverture béante du sac; attends un petit peu, mon colon ; tu vas voir ce que tu vas voir! Ah! nom de nom, j'l'ai pas volé ; v'la assez longtemps que je pivote et que je me laisse passer des curettes en douceur. A moi le bon, c'est bien mon tour !

Et il sifflait comme un merle, chantait des refrains de caserne en bourrant de coups de poing son linge dont le bouillonnement ressortait hors du sac posé debout contre le lit.

Cependant la nouvelle avait jeté un froid. Un bleu se mit à rire et dit :

— Un homme de moins au peloton, c'est un tour de garde de plus. Faut croire qu'on était déjà d'trop et que c'était pas suffisant de prendre la garde un jour sur trois.

Le brigadier haussa simplement les épaules avec une petite moue de mépris.

Il mâchonna :

— C'est pas pour dire, mais y en a tout de même d'aucuns qui la connaissent !

Au fond, le sort de Vergisson excitait une sourde envie.

— Avec tout ça, dit brusquement Laigrepin, quêque tu vas dire, là-bas ?

— Ce que je vas dire là-bas ? répondit Vergisson, en v'là une drôle de question ! La même chose qu'au docteur, parbleu !

— Ah ! reprit l'autre avec un petit rire de blague. Et tu te figures que ça prendra ?

— Tiens ! pourquoi donc que ça prendrait pas, là bas aussi bien comme ici ?

— Parce que, répondit Laigrepin, les médecins de l'hôpital ne sont pas des andouilles pelées comme le major. T'arriveras là-bas, tu passeras la visite, on saura que tu tires au flanc et on te renverra au quartier avec quinze jours de prison. Voilà ce qui te pend au nez.

Vergisson changea de couleur.

— Quelle blague !

Toute la chambrée se mit à rire, mais Vergisson, décidément, avait tourné au blanc crème. L'idée de tirer quinze jours à l'ombre par une température à faire éclore des ours, lui avait cassé bras et jambes, et à présent il restait bouche bée, une botte au bout de la main, incapable de trouver un mot, sentant s'écrouler lourdement le beau paradis de Mahomet si laborieusement échafaudé en son imagination.

Tout à coup il se frappa le front, un front plat comme la main, étroitement écrasé entre l'épaisse ligne des sourcils et le retroussis des cheveux taillés à l'ordonnance.

— Des fois, insinua-t-il, y aurait pas un moyen pour me flanquer une bonne courante ?

— Ça, dit froidement Laigrepin, ça dépend de ce que tu payerais.

Immédiatement un silence de glace s'abattit sur toute la chambrée, qui flaira quelque chose d'énorme. Ce Laigrepin était un loustic à froid, terreur des bleus et des naïfs, vivant dans l'éternelle recherche d'une mystification nouvelle, d'une scie inédite à monter, et auquel Vergisson lui-même avait maintes fois servi de tête de turc.

Il s'approcha de lui et lui appliquant sur l'épaule une

main que la graisse des armes avait encrassée jusqu'aux ongles d'une infinité de petites craquelures :

— Ecoute, dit-il, t'as de la braise, pas vrai ? T'as palpé vingt balles de ton dab ? Et ben, si tu régales d'une tournée générale, aussi vrai comme j'suis d'la classe, je te fais obtenir six semaines d'hôpital et deux mois de convalescence !

Vergisson, auquel l'émotion donnait un tremblement à la voix, répondit sans hésiter :

—J'm'en fous ! Si tu fais ce coup-là, j'arrose de deux litr's de marc !

— Ça y est, conclut Laigrepin, montre tes pélauds qu'on les voie.

Le *malade* fouilla à sa poche où s'engloutit la moitié de son bras, et en tira le prix de deux litres d'eau-de-vie. Patiemment, Laigrepin attendait, la main ouverte, comptant de l'œil.

Quand il se fut bien assuré que la somme était au complet, il la remit entre les mains d'un camarade qui fila immédiatement.

Il continua :

— Ce qui est dit est dit, chose promise chose due, voilà. A c't'heure écoute bien ce que je vas te dire. Comme t'es consigné à la chambre et q'tu peux pas aller toi-même chez le pharmacien, tu vas donner quéq'sous à un homme du peloton pour aller te chercher du bismuth. T'as pas besoin d'en prendre *beseff* ; avec une douzaine de paquets ça fera le compte. Tu t'enfileras ça en te couchant, et si, en te levant demain matin, t'as pas une foire à en crever, mon vieux salaud, j'm'appelle pus par mon nom !

— Bon dieu ! fit l'autre ; si je le croyais...

Laigrepin lui lança une tape amicale qui le fit vaciller sur ses jambes :

— Pour ce qui est de ça, dit-il, tu peux t'en rapporter à moi. Ça ne sera pas le premier congé que j'aurai fait avoir à un copain, les hommes de la classe sont là pour le dire.

Et ce disant, il se retourna, prenant d'un geste toute la chambrée à témoin :

— Voyons, j'suis t'y un menteur ? et c'est-t'y vrai, ce que je dis là ?

Tout le monde fut forcé d'en convenir et il n'y eut qu'une seule voix pour proclamer que Laigrepin n'avait pas son pareil au monde quand il s'agissait de rouler les médecins et de leur faire voir des couleurs,

IV

Vergisson quitta donc le quartier avec douze paquets de bismuth dans le ventre et la conviction intime qu'il avait une diarrhée en voie de formation. Le major, qui l'était venu voir la veille au soir, ayant reconnu dans son état une aggravation évidente, avait brusquement décidé qu'il serait transporté là-bas dans la civière, et c'est ainsi qu'à neuf heures du matin notre homme faisait une entrée à sensation sur les épaules des camarades, et annoncé par sept coups de cloche.

Tout d'abord, on le fit entrer au réfectoire, une petite pièce nue et claire, avec une seule rangée de tables placées en angles, à la suite l'une de l'autre, et un crucifix en bois noir pendu entre les deux fenêtres. C'était l'heure de la visite, le réfectoire était vide. Vergisson s'assit, le dos à une table, et prit le bain de pied traditionnel ; puis, se soutenant d'une main à la rampe et de l'autre au bras de l'infirmier, il gravit laborieusement les deux étages qui le séparaient de la salle des militaires.

C'était un vaste dortoir, tout en longueur, éclairé à chaque bout par de hautes croisées, et dont une enfi-

lade de lits garnis de leurs édredons rouges cachait à demi la muraille, d'un jaune pâle de café au lait. Tout de suite, il se trouva en pays de connaissance. Une trentaine de copains étaient là, adossés dans les oreillers, le bonnet de coton enfoncé jusqu'aux yeux, avec des mines plombées par le manque d'air et le régime anémiant de l'hôpital.

Dans l'intervalle de leurs lits, deux d'entre eux enlevaient leurs capotes, se recouchaient pour la consultation.

L'arrivée d'un malade nouveau était chaque fois, pour les autres, un évènement considérable, en sorte que les sept coups de cloche du portier avaient émotionné tout le monde.

L'entrée de Vergisson étonna et suscita une vive gaieté. Il y eut de petits rires ironiques, d'incrédulité et de méfiance.

— Tiens, v'là Vergisson ! Oh ! la la !

— Tu tires au flanc, hein, vieux salaud ?

— Encore un qui la connaît !

— Je parie que t'as la peau trop courte ?

— T'as le sang qui t'a descendu, à force d'avoir les pieds par terre ?

— Y a rien d'gênant comme ça pour faire le pansage !

Vergisson passait sans répondre, toujours au bras de l'infirmier ; au fond, très gêné de cet accueil. La sœur était venue à lui et elle lui montra sa place :

— Voici votre lit, couchez-vous. Le docteur ne tardera pas.

Il répondit humblement.

— Bien, ma sœur.

Et aussitôt il se coucha.

De son lit, le dernier de la rangée et situé à un pas de la fenêtre, il plongeait sur la pleine campagne, embrassait trois lieues d'horizon sans même qu'il eut besoin de se soulever sur le coude.

Il s'allongea voluptueusement, déshabitué depuis longtemps de se sentir un sommier sous les reins et des draps fins sous les cuisses.

La sœur, qui avait disparu un instant, revint, tenant une culotte grise, une vieille capote de réforme et une paire de savates noires dont le cuir s'était aplati sous la pression continue des talons et formait de grosses rides par derrière. Elle posa sur le pied du lit le pantalon et la capote.

— Voici, dit-elle, pour quand vous voudrez vous lever. — Il y a un bonnet de coton sous le traversin.

Il s'en coiffa à l'instant même, avec une servilité empressée de débutant.

La sœur reprit :

— Surtout, faites bien attention à ne pas salir le

parquet; d'ailleurs vous avez un crachoir à la tête de votre lit.

Il remercia et se lança dans des protestations de propreté que la sœur, apparemment , jugea superflues, car elle s'en alla avant qu'il eût fini, emportant sur son bras la tenue d'uniforme que Vergisson venait de quitter, le manteau bleu, la petite veste et le lourd pantalon de cheval.

Lui, la suivait de l'œil, la regardait avec extase éloigner de lui cette livrée exécrée de misère et de servitude, mais tout à coup une réflexion lui passa par la mémoire.

— Nom de nom, jura-t il tout bas, elle fout le camp avec mon tabac !

V

Comme tout portait à le prévoir, les choses marchèrent le mieux du monde et Vergisson fut reconnu de confiance par le médecin de l'hôpital, qui, après une journée de diète absolue, le mit au quart de nourriture, soit quelques grammes de pain, une noix de côtelette et deux doigts de vin dans un fond de verre.

Il pensa :

— Ah ! bigre ! c'est maigre.

Il fit bonne contenance, toutefois, dévora mélancoliquement sa noix de côtelette et ses tartines, qui eurent surtout pour effet de lui ouvrir l'appétit, et il garda pour lui ses réclamations, pensant avec justesse qu'elles eussent pu faire mauvais effet et faire naître en l'esprit du docteur les appréciations les plus préjudiciables à son congé de convalescence. Même, les premiers jours, il fit l'intéressant, déclara ne pouvoir se lever pour manger et obligea l'infirmier à lui monter ses portions, qu'il avalait par lentes bouchées, dans son lit, l'assiette entre les genoux, dans un creux de la couverture.

La salle se vidant comme par enchantement sitôt la visite passée, il en était réduit à se parler à lui-même, de dix heures du matin à huit heures du soir, heure fixée par le règlement pour le coucher des fié-vreux, si bien qu'il passait ses journées dans une demi-somnolence faite à la fois d'ennui et de vague bien-être et qui, en somme, n'était point sans douceur. De temps en temps, l'idée lui revenant tout à coup des obliga-tions de son état, il sautait sur ses pieds, passait son pantalon, traversait la salle en courant, dans l'espoir d'attirer l'attention de la sœur et du garçon infirmier, et s'allait enfermer dans les commodités où il restait vingt minutes, debout, bâillant, les mains dans les poches, relisant pour la centième fois les inscriptions griffonnées au crayon ou creusées d'une pointe de couteau dans le plâtre de la muraille.

Du reste, le moyen de Laigrepin avait pleinement réussi : Vergisson était atteint d'une constipation effroyable ; ce qui lui donnait à penser qu'au lieu de douze paquets de bismuth qu'il avait pris, c'est vingt-quatre qu'il eut dû prendre.

A la fin, cependant, il se fatigua de cette existence

de mollusque, d'autant que la privation de fumer lui

devenait intolérable. Il demanda donc à la sœur la permission de manger désormais en bas, insinuant « qu'il

ne se pouvait que bien trouver de se secouer un peu le sang ».

— Eh bien ! mais, dit la sœur, faites comme vous voudrez. C'est à vous de voir si vous vous sentez assez fort.

— Mon Dieu, répondit-il d'une voix dolente, je peux toujours essayer, n'est-ce pas ? Si, des fois, ça me fatiguait trop, j'en serais quitte pour me recoucher.

Sur quoi, il quitta le lit, endossa sa capote, se traî-

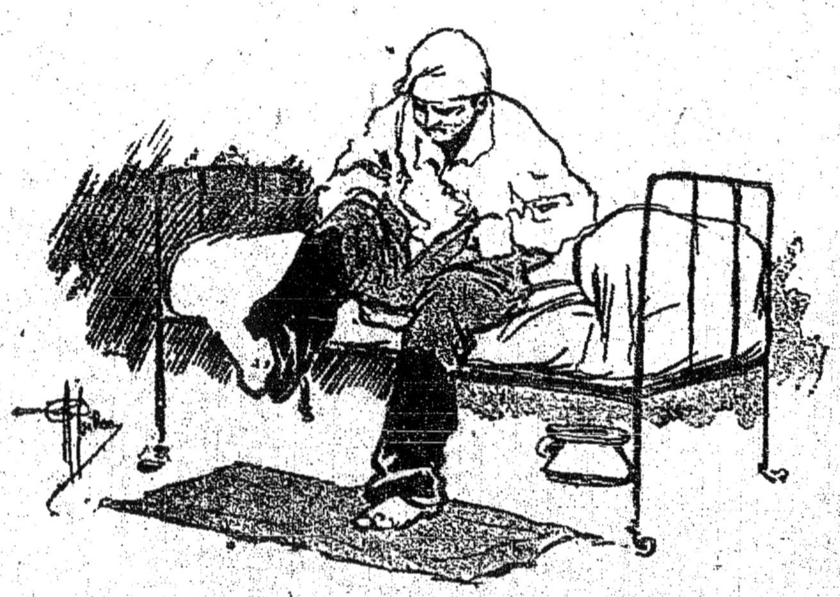

nailla péniblement jusqu'au palier, descendit l'escalier marche à marche et alla retrouver les copains réunis dans le réfectoire.

Justement, ils étaient en train de faire une partie de *foutro*, assis sur deux bancs se faisant face, les bras croisés et les regards fixes, avec une gravité de sénateurs antiques.

Devant eux, sur un banc spécialement réservé, M. *Lefoutro* était étendu de son long, représenté par un mouchoir tordu et parvenu à la dureté d'une barre de fer.

Au milieu d'un profond silence, un homme, le bras allongé, déposait successivement devant chacun une carte tournée, noire de crasse.

A l'instant même où Vergisson parut, Lagrappe se leva et, d'une voix de commandement :

— Halte au jeu ! Par l'ordre du roi, je déconsigne M. Lefoutro.

La distribution cessa net ; l'homme prit M. Lefoutro par le pied et, se tournant vers Joberlin, son voisin de droite :

— Votre main coupable, dit-il.

L'interpellé tendit la main, dans laquelle Lagrappe lança à tour de bras trois énormes coup de foutro, accompagnés de ces paroles :

— Faute faite, faute à payer, rien à réclamer, réclamez-vous ?

Joberlin reçut sans broncher cette effroyable correction, puis avec calme :

— Oui, monsieur je réclame.

— Eh bien, monsieur, répondit Lagrappe, c'est parce que vous avez levé les yeux en voyant entrer Vergisson. C'était une impolitesse à l'égard de M. Lefoutro, et M. Lefoutro n'admet pas que vous lui manquiez de respect.

Apparemment satisfait, Joberlin salua et s'assit, tandis que l'autre remettait M. Lefoutro en place, avec toutes les marques de la déférence due à un personnage aussi extraordinairement susceptible.

— Par l'ordre du roi, fit-il, je reconsigne M. Lefoutro, et en avant le jeu !

Et il se rassit, toujours grave.

Immédiatement Joberlin se leva, et, la main tendue, cria :

— Halte au jeu ! Par l'ordre du roi, je déconsigne M. Lefoutro. Votre main coupable, s'il vous plaît.

Cette fois, c'était à Lagrappe lui-même que le commandement s'adressait. Lagrappe se redressa sans mot dire et tendit une main gigantesque. Trois coups de foutro y tombèrent avec un bruit de marteau aux flancs creux d'une caisse d'emballage.

Joberlin prononça :

— Faute faite, faute à payer, rien à réclamer, réclamez-vous ?

— Oui, dit Lagrappe, je réclame.

— Eh bien, monsieur, répondit Joberlin, c'est parce que tout à l'heure, quand vous avez déconsigné M. Lefoutro, vous l'avez saisi par les pieds au lieu de le prendre aux épaules et que vous l'avez laissé pendre, la tête en bas. M. Lefoutro n'a pas envie d'attraper une congestion.

Cette explication donnée, M. Lefoutro fut reconsigné

et réetendu sur son banc, mais dans le même instant il fut redéconsigné et réappliqué par trois fois dans la main tendue de Jobelin, cet imbécile ayant eu le tort d'oublier que M. Lefóutro était suprêmement douillet et ayant commis l'inconvenance de le redéposer à sa place en lui pressant brutalement sur le ventre. Les autres joueurs assistaient, impassibles, à cette petite comédie, qui, au surplus, n'avait point de raison pour finir. Du reste, pas un sourire ! M. Lefoutro, en effet, était chatouilleux à l'excès sur le chapitre du point d'honneur et il supportait mal qu'on rie en sa présence.

Compliqué, pour la forme, d'une partie de cartes, — laquelle ne s'achevait jamais vu le caractère impossible de M. Lefoutro et les manquements à la discipline qui se succédaient sans interruption, ne laissant même pas au banquier le temps de distribuer ses cartes — ce jeu se recommandait à la meilleure société. Il consistait purement et simplement à se crever la paume des mains et à s'estropier, autant que possible, les uns aux autres. Un jour que l'idée m'était venue de me mêler à la partie, un coup de *foutro* me cassa net une bague que j'avais au doigt et à laquelle je tenais beaucoup.

C'était la première fois que je jouais au *foutro* ; ce fut également la dernière.

Vergisson ne soupçonnait pas l'existence de cette distraction ; il fut enchanté de l'apprendre. Il n'osa, cependant, y prendre part, et se borna au rôle de simple spectateur.

La sœur n'était plus là, non plus que l'infirmier, et cependant il se sentait retenu par on ne sait quel sentiment de vague pudeur. Son désir de tomber malade avait pris en lui une telle place qu'il finissait par influer sur son imagination, en sorte qu'il en était arrivé à se prendre au sérieux, à se tâter le pouls de temps en temps dans l'espoir de se surprendre un peu de fièvre, à s'appuyer aux murailles en marchant et à se chercher, de bonne foi, un certain affaiblissement qu'il finissait par se reconnaître, en effet.

Il lui semblait que sa foi en lui-même devait finir par se communiquer aux autres et que son apitoiement sur sa propre situation devait fatalement entraîner l'apitoiement du médecin en chef.

Il se retint donc, quelque envie qu'il en eût, de se mêler à la partie, craignant que cette petite escapade ne fît dégringoler et ne compromît à ses propres yeux ses titres à la faveur du congé en convalescence.

Peu à peu, cependant, la tentation devenant trop forte et l'exemple des camarades l'y poussant, il

commença insensiblement à déroger à ses principes ;
il s'assit à la suite des autres, au banc des joueurs,
sembla ne pas s'apercevoir qu'on posait une carte
devant lui, tendit la main à la bastonnade avec une

indifférence passive d'homme qui n'est pas à la question. Ce ne fut qu'au bout de trois jours qu'il se hasarda
timidement à déconsigner M. Lefoutro et à en appli-
quer de légères taloches dans la main de ceux des

joueurs qui avaient commis quelque inconvenance ou quelque infraction à la règle.

Le lendemain, il tapait comme un sourd.

Au reste, il avait jugé bon de se mettre bien avec la sœur, n'ignorant pas son influence sur les décisions du médecin, lequel s'en remettait à elle du soin de fixer la longueur des congés. Il affectait donc une piété extrême, allait à la messe chaque matin et communiait le dimanche, ce qui lui avait valu l'autorisation de fumer et une notable augmentation de nourriture.

Il avait également conquis les bonnes grâces de l'infirmier, en faisant lui-même son lit.

VI

Un matin, le médecin-major, ayant achevé la visite de bonne heure, imagina de venir à l'hôpital prendre des nouvelles de ses hommes.

De temps en temps cette fantaisie lui prenait. Il arrivait sans prévenir, allait retrouver son confrère pendant la consultation et achevait la visite avec lui, l'accompagnant de lit en lit, s'assurant lui-même de l'état des infirmes, et opérant régulièrement un petit balayage en règle qui avait pour effet de purger l'hôpital des carottiers qui le peuplaient. En sorte que, du jour au lendemain, le réfectoire devenait silencieux, et qu'il ne se trouvait plus une main charitable pour déconsigner, par ordre du roi, cet excellent M. Lefoutro.

Aussi ces tournées inattendues causaient-elles toujours une émotion profonde.

Vergisson, pour son compte, eût à peine aperçu le collet brodé du major qu'il ressentit un choc dans le ventre, ce qui lui donna à penser qu'il avait cette fois, la colique pour de bon.

Pour comble de bonheur, le major arrivait dans d'exécrables dispositions, ce dont on s'aperçut tout de suite.

Il s'arrêta sur le seuil de la porte, enveloppa la salle d'un rapide coup d'œil et eut un petit rire étrange devant tous ces lits occupés, d'où des têtes effarées sortaient.

Il ricana :

— Oh ! oh ! Voilà bien du monde ! Il va falloir procéder à pas mal d'exécutions, autrement nous n'aurions plus de place pour les autres.

Et, se tournant vers le médecin civil :

— J'en ai qui attendent, moi, là-bas.

Le médecin civil s'inclina sans répondre.

C'était un brave homme, doux et nul, blanchi dans la pratique stricte de son métier, la vieille routine allopathique, l'application niaise des formules. Sa continuelle indécision devant le cas qui se présentait le rendait incapable de la plus petite audace, lui retirait toute velléité d'initiative. Il restait rêveur, la bouche en jeu de tonneau, plein d'appréhension et d'angoisses, devant un rhume de cerveau, et la plupart du temps les app éciations de la sœur et du garçon infirmier lui remplaçaient le diagnostic dont il manquait absolument. Sans énergie devant la maladie, il était également sans force devant le malade, acceptait pour argent comptant les histoires à dormir debout que les

militaires lui contaient, écoutait d'un air éperdu leurs plaintes et leurs doléances.

Au fond, les visites du major lui causaient un plaisir extrême à cause du coup de balai dont elles étaient suivies et qui soulageaient à la fois son service et sa conscience.

Il s'effaça donc derrière son confrère avec un empressement manifeste.

Celui-ci, cependant, s'était approché du lit occupé par Lagrappe.

Il dit :

— Eh bien, cette bronchite ? Ça n'est pas encore fini ?

— Je tousse encore beaucoup, dit l'autre d'une voix faible, et j'ai toujours mon point de côté.

— Oui ? fit le docteur. Voyons donc ça.

Lagrappe se souleva sur les poings, s'assit dans son lit, la tête basse.

Le docteur, l'oreille collée à la chemise du patient, écoutait avec attention.

Il dit :

— Respirez fort… toussez… Respirez donc mieux que ça, voyons !

Il se déplaça légèrement, frappa de quelques petits coups secs l'omoplate et le dos du soldat. Puis il se redressa :

— Il n'a plus rien du tout, dit-il avec calme. Nous allons le renvoyer au quartier demain matin. Ma sœur, vous pouvez enlever le billet de ce gaillard-là !

La sœur fit un signe d'acquiescement, le vieux médecin hasarda à mi-voix :

— Surtout que la température s'est beaucoup radoucie depuis une huitaine de jours.

Il attendait un mot de réponse, mais déjà le médecin-major avait tourné les talons et était passé au suivant, un drôle entré à l'hôpital pour les palpitations du cœur et qui y végétait depuis tantôt deux mois. Une consultation d'une minute suffit et une nouvelle exé-cution fut consommée. Successivement, les cinq premiers eurent leurs billets enlevés à la tête de leurs lits.

Vergisson attendait son tour, en proie à de doulou-reuses angoisses.

Enfin, le médecin arriva, et il poussa une exclamation en reconnaissant le personnage :

— Ah ! Ah ! fit-il, vous voilà, vous ? Ça ne va donc pas mieux, cette diarrhée ?

Vergisson eut un pâle sourire.

— Ça ne va pas bien fort, dit-il.

Le vieux médecin prit la parole :

— Oh ! celui-là, je n'y comprends rien, fit-il ; depuis trois semaines qu'il est ici, j'ai essayé de tout, rien n'y fait.

— Bah !

— C'est un cas de dyssenterie rebelle où je perds mon grec et mon latin.

— En effet, reprit le major, voilà qui est assez curieux. Mange-t-il ?

— Très bien, dit la sœur.

Le docteur réfléchit ; il y eut un instant de silence, puis :

— Ma sœur, fit-il... s'il vous plaît... une seconde.

La sœur comprit, alla regarder à la fenêtre. Le major d'un rapide coup de main, avait rejeté les couvertures et relevé la chemise du malade dont maintenant il sondait les hanches et le ventre par d'insensibles pressions, de petites pesées légères.

Il mâchonna :

— C'est à n'y rien comprendre ; il n'a même pas le ventre ballonné.

Le vieux médecin et l'infirmier se taisaient, attendant une décision.

— Dites-moi, fit tout à coup le major, est-ce qu'il se lève, cet homme-là ?

— Oui, dit l'infirmier, pourquoi ?

— Parce que désormais il ne se lèvera plus, répondit l'autre sèchement. Vous lui mettrez la chaise percée près de son lit et un gardien le surveillera. Je viendrai le revoir demain.

Vergisson pensa à part soi :

— Cette fois-ci je crois que ça y est. Je peux écrire à ma famille.

VII

La journée passa, et la nuit. Dans l'intervalle resté libre entre la fenêtre et le lit de Vergisson, l'infirmier avait poussé la chaise percée près de laquelle il s'était installé lui-même, par crainte d'une supercherie... Notre homme ne quitta point le lit, jugeant cette corvée inutile et ne voyant point la nécessité d'attraper un refroidissement, sans espoir de résultats. L'inanité de ses efforts l'avait depuis longtemps découragé de toute tentative nouvelle.

La salle devant être évacuée pour l'heure de la consultation, la matinée du lendemain s'écoula dans un branlebas de déménagement, un bruit de bottes rétrécies frappées rageusement contre le fer des lits. Vergisson, les yeux hors du drap, suivait ce remue-ménage avec un mutisme mélancolique.

Il pensait :

— Mon pauv'salaud, demain, tu n'y couperas pas. Faudra faire ton sac comme les camarades et repiquer à la corvée. Je m'étonne si on n'te fiche pas quinze jours de prison en arrivant!... Quel cochon de métier, bon Dieu.

Enfin, vers huit heures le départ s'effectua. Ce fut une minute de bousculade confuse, un concert d'adieux jetés à la volée, tandis qu'un vacarme de chaussures énormes emplissait les corridors et la cage de l'escalier.

Puis la salle demeura vide, emplie soudain d'un calme plat, montrant le désordre de ses lits découverts sous le pêle-mêle des défroques abandonnées, jetées négligemment, au hasard de la main. L'infirmier avait ouvert les fenêtres, donnait à la hâte un premier coup de balai, soufflant la poussière devant lui. Vergisson, dont les angoisses augmentaient à mesure que la grosse horloge de l'hôpital sonnait un quart d'heure de plus, demeurait silencieux et morne, l'œil fixé sans relâche sur la porte, pris d'une nouvelle émotion à chaque allée et venue de la sœur.

Le médecin-major n'eût garde de faire faux bond au rendez-vous. Il arriva à heure fixe et marcha droit à Vergisson, qui se sentit devenir blême.

— Eh bien! demanda-t-il, quoi de nouveau? A-t-il été à la selle, cet homme-là?

— Non, monsieur le major, répondit l'infirmier ; il n'a pas bougé de son lit.

Vergisson n'eut pas le courage de donner une explication, quelque absurde qu'elle pût être. Il demeura muet, inerte, attendant patiemment la fin de l'entrevue. Rangés en cercle, autour de lui, les deux médecins, l'infirmier et la sœur l'accablaient d'un regard écrasant.

Le major se croisa les bras :

— Ah ! fit-il, vous êtes malade ? Ah ! vous avez la diarrhée et vous n'allez pas à la selle ? Je ne m'étonne fichtre plus si vous passez pour incurable et si les remèdes sont restés sans effet ! Vous vous êtes fichu du monde, bougre de carottier que vous êtes !

Vergisson continuait à se taire. Le vieux médecin risqua doucement :

— Voyons, mon ami, dites quelque chose, tâchez de vous excuser un peu.

— Allons donc, hurla le major, qu'est-ce que vous voulez qu'il dise ? Qu'il est un fricoteur et un tire-au-flanc ? Ne voyez-vous pas que ce drôle se moque de vous depuis trois s maines ?

Il paraissait avoir oublié qu'avant de berner le bonhomme, le drôle l'avait berné lui-même.

— Et vous croyez que ça va se passer ainsi Vous vous figurez naïvement que vous en serez quitte pour si peu ! Eh bien ! attendez, mon garçon, je m'en vais vous foutre une leçon qui vous ôtera l'envie d'en recevoir une seconde.

Cette avalanche de paroles ahurissait le pauvre diable ; il perdait de plus en plus la tête. Brusquement il bondit, pris de l'audace subite des poltrons qui se jettent à l'eau.

— Eh bien ! oui, hurla-t-il, c'est vrai ! c'est vrai que j'ai tiré au cul, sauf le respect que je dois à ma sœur, et que je m'ai fichu de M. le docteur, mais si j'ai pas la diarrhée, comme j'ai voulu le faire accroire, c'est pas faute que j'aye tout fait pour l'attraper,

L'étonnement du médecin-major lui abattit sa colère.

— Que diable ! me chantez-vous là ? fit-il presque avec calme.

Vergisson répondit d'une voix larmoyante :

— J'm'ai flanqué douze paquets de bismuth dans l'estomac ; j'pouvais pourtant pas faire pluss !

. . . .

Vergisson qui me contait lui-même cette aventure, un jour d'ennui, à la chambrée, ajouta en conclusion :

— Mon vieux, quand j'y ai eu dit ça, ça l'a tellement épaté, qu'il en a oublié de m'enlever ma pancarte. Crois-tu qu'y s'épate pour peu d'chose !

LES TÊTES DE BOIS

« Quand Bois mourut, m'expliqua Venderague, c'est moi que je fus désigné de corvée pour aller, avec le chef, le reconnaître à l'hôpital, à cause que nous étions pays, nés le même mois, au même patelin, ousque nous restions censément porte à porte, loin comme qui dirait d'ici au magasin d'habillement. C'est bon, nous partons, le chef et moi, nous rappliquons à l'hôpital. Il y avait là tous les tire-au-cul de l'escadron, Faes, Lagrappe, Vergisson, exétéra, exétéra Tous ces bougres-là se fichaient de ça ; ils fumaient leurs pipes au soleil, avec des capotes de réforme, des pantalons de propriétaires, est-ce que je sais ! Bon, ça ne fait rien, nous arrivons dans une espèce de sale truc, grand 'à peu près comme v'là la chambre, seulement pas t't' à fait aussi haut. C'est ça que ça puait ! Oh ! la la, mon pauv' vieux ! Tiens, pire encore que la salle des visites !

« Le chef met la main au shako :

« — Messieurs et dames, salut ! qu'y dit, — parce que faut te dire qu'y avait là l'infirmier et la sœur des militaires.

« — Tiens, vous v'là, chef ! que fait l'infirmier, et comment que ça va, c't' heure ici ?

« — Mais, ça boulotte, que dit le chef. Nous venons, c't' homme-là et moi, pour erconnaître el' chasseur Bois, qu'est mort hier d'une merningite.

« — Parfait, que dit l'autre ; t'nez, le v'là.

« Il était d'jà dans l' sapin, c'bougre-là : un bath sapin, oui, j' t'en fous ! Quat' planches et pis un couverque, ça fait le compte. Bon, l'infirmier ôte el' couverque, rabat l' drap, et mouche la chandelle.

« — Ah ! ah ! que fait le chef, le voilà, i' négociant ! Eh ben, c'est parfait, allez-y, vous pouvez fermer la boîte.

« Là-dessus, je r'garde et qu'est-ce j' vois ? J' vois que je r'connais pas mon Bois. Tu penses si je m' fous à gueuler !

« — Au temps, l' mouvement est faux ! C'est pas la tête de Bois !

« — Quoi, que dit le chef, c'est pas la tête de Bois ?

« — Non, que j' dis, c'est pas la tête de Bois !

« — C'est-y qu' t'es maboul ? que dit l' chef.

« — J' suis pas maboul, que je réponds. J' connais Bois pour un coup, pas vrai, et j' pense pas que ce soye pour la peau que nous ayons fait nos classes ensemble et qu'il a été mon voisin à la chambre pendant au moins pus d' dix-huit mois.

« — Tout ça, que dit le chef, c'est pas des raisons, et je te dis que c'est la tête de Bois.

« — Non, que je dis.

« — Si ! que dit le chef.

« — Je vous dis que non !

« — Je te dis que si !

« — Je vous dis que non !

« — Je te dis que si !

« Enfin comme ça pendant une heure, et qu'à la fin le chef voulait m' fout' dedans, en disant que je commençais à l'embêter.

« — Tout d' même, ça se pourrait des fois que cet homme-là aye raison, dit l'infirmier qui ne disait rien ; attendu qu'il n'n' est mort trois à ce matin : Bois, un gendarme, et un caporal du 94°. Alors, comme on leur z'y a coupé le cou à tous les trois pour y fairé des espériences, je ne dis pas qu'on ne s'aura pas fichu dedans et qu'on n'aura pas mis à Bois la tête du caporal, au caporal la tête du gendarme et au gendarme la tête de Bois.

« Là-dessus, mon vieux, v'là le chef qui se met à crier :

« — Oui, oui, c'est sûr qu'on s'a trompé ! C'est pas la tête de Bois : C'est pas la tête de Bois !

« Crois-tu, hein, ce sale mufle-là ! N'importe, ça ne fait rien, tu vas voir. Donc, voilà l'infirmier qui prend la tête de Bois, — qui n'était pas la tête de Bois — et qui se trotte dans la pièce à côté ; dont je dis au chef :

« — C'est tout de même un peu fort, que, dans ce cochon de métier-là, on n'est s'ment pas maître de sa peau pour une bonne fois qu'on est claqué.

« Et, de fait, tu diras tout ce que tu voudras, y a de quoi se flanquer en colère. Enfin, c'est comme ça, c'est comme ça. Pour t'en finir, voilà l'infirmier qui reparaît et qui applique une autre tête sur les épaules du camarade, dont le chef se fiche à beugler :

« — La v'là, à c'te fois, j' le reconnais,

« J' m'approche, je regarde ; ouat ! rien du tout !

« — Ah çà ! que j'fais, ça devient dégoûtant, à la fin ! C'est encore pas la tête de Bois !

« V'là t'y pas le chef qui s'emballe ?

« — Nom de Dieu de nom de Dieu ! qu'y dit, est-ce que tu te figures comme ça que nous allons moisir ici ? En v'là assez avec la tête de Bois ; allez, rompez ! coucheras à la boîte ce soir !

« — Mais, que je dis, pisque c'est pas lui.

« — Si, si, qu'y fait, c'est très bien lui, tu ne le re-connais pas à cause de sa barbe, mais je suis aussi sûr que c'est la tête de Bois comme nous voilà, toi et moi, en ce moment.

« — Ecoutez, chef, que je fais alorss ; je vas vous dire une bonne chose. Bois avait, de son vivant, un petit pois derrière l'oreille ; r'gardez voir un peu si y est.

« — C'est bien, que dit l' chef, monsieur va r'garder, mais, j' t'avertis que si y y est, t'y couperas pas de tes huit jours.

« C'est bon, on retrousse l'oreille de Bois, et comme de jus', pas plus de p'tit pois que sur ma main. Je

regarde le chef, en rigolant. Mon vieux, tu crois p't'
être qui s'épate ? Je t'en fous ; y prend un air digne,
toise l'infirmier du haut en bas, et te l'engueule comme
un pied, en disant que c'était se fiche du pape que de
couper la tête des morts et de ne pas la retrouver
après, que les soldats n'étaient pas de la charcuterie,
qu'on traitait les chiens mieux que ça, enfin, mon
vieux, un boniment...

La sœur en rotait !

« Bref, l'infirmier prend la tête de Bois, qui n'était
encore pas sa tête, s'en va avec, et revient avec une
me autre tête.

« Crois-tu bien que, c'te fois-là, l' chef dit qu'y n' la
reconnaît pas ?

« — Ah ! pour le coup, qu'y fait, c'est pas la tête de
Bois !

« L'infirmier se fout à rogner, naturellement :

« — Comment, qu'y dit, vous osez dire ça ! Eh ben
vrai, vous la connaissez, vous encore, pour reconnaître vot' monde ! je vous en fais mon compliment !

Mais le chef s'en fichait pas mal. Il gueulait :

« — Foutez-moi la paix ! Vous êtes une couenne et
une moule ! C'est pas la tête de Bois, c'est pas la tête
de Bois !

« Tout ça pour faire l'entendu, tu vois l'coup. Heureusement, y avait l' petit pois.

« — Hé, que je fais, fait' donc pas tant de foin. Retroussez-y plutôt l'oreille, vous verrez bien si l' pois y est.

« Ça ne rate pas, parbleu, il y était !

« — Tiens, que dit l'chef, c'est pourtant vrai ; t'es pas la moitié d'une bête. Allons, c'est bon, vous pouvez refermer. Voilà une bonne corvée de faite. Messieurs et dames, bien le bonjour. »

Le lendemain on enterra Bois. Tout l'escadron était là, le lieutenant-colonel en tête ; c'était chic ; oh ! c'était très chic ; mais ça ne fait rien, c'est un peu raide de penser que si j'avais pas été là, on enterrait carrément l' pauv' cochon avec la tête d'un salaud.

SŒUR SAINT-APOLLINAIRE

I

Une figure, aussi, restée étonamment présente à ma mémoire : la sœur Saint-Apollinaire, qui, à l'hôpital militaire de Bar-le-Comte, me fit avaler tant de remèdes pour me guérir d'un mal... dont je n'étais pas atteint.

La sœur Saint-Apollinaire n'était pas de ces poétiques religieuses faites pour laisser en le souvenir des amoureux sentimentaux une mélancolie destinée à les suivre jusqu'au sépulcre.

Du tout.

C'était un de ce êtres qui, tout en n'étant pas des hommes, disent, affirment, hurlent, proclament, démontrent jusqu'à l'évidence, l'absurdité qu'il y aurait à essayer de voir en eux des femmes : équivoques produits échappés, un jour qu ça ne marchait pas, à la main hésitante d'un Créateur pas sûr de lui. Une fois que je l'avais surprise rebouclant sa jarretière tombée, j'aperçus, plus haut que son soulier, son bas tendu sur son mollet, et, bien que j'eusse dans la peau des chastetés exaspérées, ce spectacle me laissa froid.

C'est que la sœur était dépourvue de tout charme. Essentiellement pure, parcelle du Dieu lui-même, il semblait qu'elle n'eût pas reçu ce don de joyeux avènement dont le diable dote, à leur naissance, les personnes du sexe féminin. On nous eût pu coucher tous les deux dans le même lit : j'eusse dormi près d'elle, je le jure, d'un sommeil calme et introublé — avec la seule inquiétude de heurter par hasard mes fesses au marbre désolé et encombrant des siennes. Sous l'auvent de sa coiffe blanche, son rouge et reluisant visage était comme une pomme d'api entrée dans un cornet de papier, et l'on ne pouvait, en vérité, entendre le son de sa voix sans que les yeux se mouillassent de larmes, tellement son accent alsacien évo-

quait le souvenir cuisant de nos revers : un accent
extravagant, où revivaient et Mulhouse, et Colmar, et
Strasbourg qui possède une belle cathédrale, et Phals-
bourg cher au cœur d'Erckmann-Chatrian, et Schels-
tadt, patrie de ma femme de ménage

Or, une chose rendait admirable, mettait hors de
comparaison, la sœur Saint-Apollinaire · elle avait
toutes les vertus. Je dis « toutes », et si je dis « toutes »,
ce n'est pas, je supplie que l'on me croie, en vue de
procéder par le grossissement et d'imposer de force une
idée flatteuse des mérites e cette sainte fille Je puis
questionner ma mémoire : je ne vois pas qu'il lui en
manquât. Au milieu du san -gêne impudique des
soldats, elle allait, cuirassée de candeur, sourde et
aveugle, forte de son âme immaculable ; mais surtout
elle stupéfiait par sa patience angélique — de laquelle,
avec votre permission, je donnerai l'aperçu que voici.

Le règlement en vigueur à l'hôpital de Bar-le-Comte, au temps où la touchante ignorance des médecins y médicamentait ma flemme, exigeait le coucher des « fiévreux » à huit heures ; en sorte que, régulièrement, à l'instant où huit heures sonnaient, c'était, par les escaliers, les coups de sabots de ces messieurs butant du pied dans les degrés et gagnant sans hâte le dortoir où la sœur les attendait. Alors venait le monotone appel : « Le Un !... le Teux !... le Trois !... le Quatre !... » Car, à l'hôpital comme au bagne, l'homme n'est plus qu'un matricule. Les fiévreux, eux, à tour de rôle :

— Présent ! répondaient-ils. Présent !

Chaque fois ils enluminaient le mot de pittoresques variations, tantôt graves, tantôt aiguës, mais toujours, à l'appel : le « Tix !... », répondait un morne silence.

C'est que le Dix, il faut bien le dire, était un Dix récalcitrant, qui, se moquant du règlement et ne voulant pas s'aller coucher, spéculait de gaîté de cœur, le lâche, sur l'intarissable indulgence de la sœur Saint-Apollinaire.

Sans doute il en avait le cœur dévoré de remords cui-'sants... pourtant il spéculait quand même, attardé qu'il était à jouer au foutro en société avec les « blessés » sur une table du réfectoire.

La sœur, cependant, insistait ; deux, trois quatre fois :

— Le Tix ! appelait-elle, le Tix !

Mais comme le Dix restait muet, et pour cause, elle disait :

— Le Tix n'est pas là. Il est encore resté à chouer, c'est la même chose tous les chours.

Là-dessus, elle couchait ses « fiéfreux ».

Elle disait :

— Che descends ; ne faites pas de pruit.

Et en effet, elle descendait, et elle poussait douce-ment la porte du réfectoire, et le Dix, occupé à dis-tribuer alternativement des cartes et des coups de foutro, entendait soudain dans son dos une voix constater, pleine de calme :

— Vous êtes là, Tix.

Il ne s'abaissait pas à nier.

— Oui, ma sœur, répondait-il.

Puis, solennel, scandant ses mots de tapes formidablement appliquées dans la paume offerte d'un des joueurs :

— Faute faite. Faute à payer. Rien à réclamer. Réclamez-vous ?

— Oui, je réclame

— Eh bien, c'est parce que…

— Au lit, Tix, interrompait la sœur Saint-Appollinaire.

— Oui, ma sœur.

Et grave comme un père conscrit dans l'exercice de ses fonctions :

— « Eh bien, c'est parce que, tout à l'heure, en déconsignant M. Lefoutro, vous lui avez heurté la tête au bois du banc. M. Lefoutro n'a pas envie d'attraper une céphalalgie.— Pan ! Pan ! Pan ! Voilà pour votre main coupable. Par l'ordre du roi, je reconsigne M. Lefoutro et en avant le jeu !

A l'instant même :

« Halte au jeu ! » vociférait le touchant unisson des blessés tandis que leurs dextres tendues s'allongeaient vers le banc de bois blanc où reposait M. Lefoutro sous les apparences d'un mouchoir tordu en forme de matraque.

Maintenant c'était au tour du Dix de présenter sa main coupable.

Il l'avançait crânement, les doigts en pente douce, pressés les uns contre les autres ; résigné à la bastonnade. Il recevait sa volée sans broncher, au traditionnel :

— Réclamez-vous ?

il déclarait :

— Oui, je réclame.

et ajoutait, plein de fausse soumission :

— Oui, ma sœur.

car la sœur Saint-Appollinaire insistait :

— Allons, Tix ; au lit ! »

Elle gardait sa lampe allumée, qui brûlait, la flamme pâlie, dans la grande clarté de la salle. Elle ne se décourageait pas. Derrière le dos du Dix qui s'était tranquillement rassis et qui se remettait au jeu, elle demeurait immobile, suivant du regard, sans comprendre, les allées et venues des carreaux et des cœurs, avec l'idée que sans doute la partie touchait à sa fin et que le Dix, dans moins d'un instant, allait se lever, se coiffer du bonnet de coton dont s'encapuchonnait au dessus de sa tête un champignon porte-manteau et souhaiter le bonsoir à la compagnie.

Ouat !... Il se levait, en effet, le Dix ; oh ! c'est une justice à lui rendre : il se levait à chaque minute... mais toujours hélas, pour le mauvais motif, en allongeant une main vengeresse vers le foutro qu'il déconsignait une fois de plus.

— « Halte au jeu ! »

Ses espoirs rasés :

— Tix, au lit ! prononçait d'une voix non impatientée la sœur Saint-Apollinaire.

— Oui, ma sœur.

Et de nouveau les coups de matraque sonnaient au creux des mains tendues.

Et neuf heures sonnaient, puis la demie. De temps

en temps, la sœur disparaissait, montait voir ses fiévreux couchés, les soupçonnant fort capables de profiter de son absence pour faire les polichinelles et se battre là-haut, à coups de polochons.

Un instant éclipsée, elle reparaissait, toujours imperturbable et sereine.

— Allons, Tix ; au lit !

— Oui, ma sœur.

Bonne fille !... Quand elle avait usé un écheveau de longanimité elle en entamait un second.

Je la revois comme si elle était là.

C'est pourtant vrai, qu'elle luisait comme une lanterne vénitienne.

EMBARRAS GASTRIQUE

Il y a tout de même des heures rigolo dans le métier. En 18..., j'étais chasseur au 51e, garnisonné à Vanne-sur-Meuse. Vers le milieu de décembre, le froid devint si vif, à ce point hérissé d'aiguilles, que ma foi je ne résistai pas à la coupable tentation de fêter quelque peu Sainte-Flême et d'aller bravement attendre le dégel en la douce tiédeur de l'infirmerie. La langue blanchie comme à la chaux d'une pipe de paille fumée à jeun, je me présentai à la visite. Justement, une épidémie d'embarras gastriques venait de s'abattre sur le Quartier ; deux hommes, recalés à la consultation et renvoyés au pansage avec quatre jours de salle de police à la clé, agonisaient à l'hôpital où on n'avait eu que le temps de les transporter dare-dare, en sorte que la route fut belle. Non, ce qu'elle fut belle !... Je n'avais pas rentré ma langue et parlé de chaleur au creux de l'estomac que le médecin-major, bouleversé à l'idée d'une nouvelle catastrophe, barbouillait à mon nom un bulletin d'hôpital en vociférant :

— Le brancard ! qu'on sorte le brancard tout de suite. Brigadier de semaine, huit hommes de corvée, au trot ! Et vous, allez faire votre sac.

A l'hôpital !... Vous voyez ça ? Du diable si, de ma vie, je m'étais senti plus valide ! — malade seulement de cette voracité insatiable que donne aux *bleus* le changement d'air et la grosse dépense physique des premières journées de régiment.

A l'hôpital !...

J'en rigole encore, quand j'y pense.

N'empêche qu'une heure plus tard j'y faisais très bien mon entrée sur les épaules des camarades, annoncé des sept coups de cloche réglementaires.

Les formalités accomplies du traditionnel bain de pieds et de la visite sommaire passée par l'interne de service (un petit vieux jeune homme à lunettes, qui me pelota des pieds à la tête, m'écouta l'estomac et le ventre et s'en alla sans avoir soufflé mot), on me pourvut d'un pot de tisane, d'un crachoir et d'un casque à mèche, après quoi on me fourra au pieu. Sous la pesanteur d'un édredon qui m'écrasait comme un dôme et dans l'attente d'une côtelette qui persistait à ne pas venir, je passai une journée lugubre, occupée uniquement à suer, à faire la carpe d'un flanc à l'autre, et à

écouter le râle plaintif d'un brigadier de gendarmerie

délirant dans le lit à côté. A cinq heures, comme, pour
la seconde fois, la sœur qui distribuait le pain et l'eau
rougie passait devant moi avec l'air de ne pas me voir,
je me risquai à demander :

— Il n'y a rien pour moi, ma sœur ?

Elle répondit sèchement :

— Non !

Je pensai :

— Celle-là est trop forte ! Enfants de salauds qui
m'ont foutu à la diète !

Et tout de suite, je résolus de faire mon petit coup
d'Etat.

II

La nuit vint ; la salle, peu à peu, s'emplit de silence et d'ombre.

Quand ce ne fut plus, autour de moi, qu'un souffle régulier de sommeil, toujours peuplé des rauquements de mon triste voisin le gendarme, je me vêtis silencieusement et j'allai trouver le gardien de salle, que j'entendais fourgonner au loin, dans sa niche, taquiner son poêle et faire roter sa lampe.

Je lui dis :

— Ce n'est pas tout ça ; par où est-ce qu'on saute le mur ?

L'homme, un instant, me regarda, et dit enfin sans trop de surprise :

— Comment, par où qu'on saute le mur ? C'est donc que vous tirez au cul ?

— Ça se pourrait encore, répondis-je. En attendant, voici toujours dix francs qui ne feront pas mal dans le paysage.

— Des fois.

— Je vous en donnerai dix autres si vous m'indiquez le moyen d'aller tortiller un bout de veau comme qui dirait aux *Trois-Rois*. Je crève de faim, moi, sauf votre respect.

De la même main dont il soulevait sa casquette, le gardien de salle se grattait l'œil, ensemble hésitant et tenté, et louchant de biais sur la monnaie. Il objecta de ma tenue :

— C'est cette bougresse de capote...

Mais je l'arrêtai au premier mot : j'avais une chambre au dehors, une tenue de civil, le nécessaire pour passer inaperçu.

Alors il désarma.

Il dit :

— Eh ben, voilà : y a un plan pour franchir le mur, à gauche dans la cour, derrière la buanderie. On tombe dans la ruelle Saint-Vincent.

— Bon !

— Seulement, pas d'erreur ; je vous préviens : si jamais vous êtes pincé, vous n'y coupez pas de soixante jours.

— Qu'on me pince, dis-je, nous verrons ensuite.

Déjà j'étais loin, lâché par les ténèbres profondes de l'escalier, puis par le verglas de la cour.

Derrière le petit bâtiment de la buanderie, aux vitres toutes blanches de lune, le mur d'enceinte de l'hôpital se tassait sur lui-même, gondolé de vieillesse, avec des moellons en saillie, surgis exprès pour l'escalade.

Un tour de jambes et ce fut fait, le pavé de la rue sonna sous mes talons.

Au même instant, en pleine figure, une voix me cria :

— Je te tiens !

III

Abasourdi, je levai le nez. A la lueur d'un réverbère flambant au-dessus de ma nuque, je distinguai un collet de velours brodé, des yeux en noix, une grosse moustache acajou...

Le médecin-major, bon Dieu...

C'était lui.

De temps en temps, après dîner, il poussait ainsi une pointe jusqu'à l'hôpital, histoire de prendre, en passant, des nouvelles de ses infirmes. Oh ! je vous prie de croire que je ne m'attardai pas en réflexions superflues !

A sa main, que je vis tomber sur mon épaule, je commençai par me dérober d'un écart, ensuite de quoi, les poings aux hanches, je m'élançai à travers la nuit comme une flèche.

J'avais du jarret en ce temps-là, mais le bougre non plus, n'en manquait pas ; il m'emboîtait le pas d'une jolie allure ; à quelques mètres derrière moi, j'en

cendais les gourmettes secouées de ses éperons caril-
lonner comme des grelots.

Et je pensais :

— Nous allons bien voir; va toujours;
tandis qu'il me hurlait au dos :

—Quand je devrais en crever, je t'attraperai, cha-
meau! Je saurai qui tu es ! Je saurai qui tu es !

L'un suivant l'autre, toujours courant, nous
dévorâmes ainsi un bon tiers de la ville.

Soudain, comme je tournais le boulevard Chardon-
neret, j'aperçus, à moins de vingt pas en avant de moi,
le petit tramway municipal qui relie Vanne-sur-Meuse
au bourg de Savonnières.

Immédiatement, je me vis sauvé.

Je redoublai d'efforts ; d'un bond, je rejoignis la

voiture, et l'ayant traversée dans toute sa longueur entre deux rangs de crétins effarés que stupéfia la vue de ma capote et de mon bonnet de coton, je gagnai l'avant-train, bousculai le cocher et m'élançai sur la chaussée, laissant mon idiot de médecin me chercher, fou de rage, jusque sous les banquettes.

Car il m'avait singé, le cancre et, tout en galopant de plus belle, je pouffais, à me le représenter, debout, les poings clos, ahuri, braillant :

— Où est-y, c' cochon-là ? Où est-y ? sacré nom de Dieu !

Où j'étais ?

A cheval sur mon mur, c'est bien simple, pinçant en signe d'allégresse, les cordes d'une guitare imaginaire, et de là, bientôt, dans mon pieu, où je me fourrai tout habillé, avec ma capote, mes savates, tout le diable et son train.

Il était temps.

Cinq minutes après, le major rappliquait en coup de vent, flanqué de la bande des internes, et jurant des tonnerres de Dieu à en faire péter les carreaux. Une lanterne au poing, il filait de lit en lit :

— Manque un homme, ici ! Manque un homme !

Sous le coup de la clarté du falot dont il m'inonda la figure, je demeurai calme, les paupières tombées, goûtant le paisible sommeil que donnent les consciences tranquilles.

Il passa.

Le lendemain, un coup de balai vida aux trois quarts l'hôpital. Une quarantaine de bons bougres de qui les dents claquaient de fièvre se virent retirer leurs pancartes et s'en retournèrent au Quartier casser la glace des abreuvoirs. Le gendarme, entre autres, la dansa. On l'envoya râler ailleurs, ce qui me fit un plaisir sensible ; car au régiment il n'y a que ça : Tout pour soi et la peau pour les autres... s'il en reste.

TABLE DES MATIÈRES

Fontenay-aux-Roses. — Imp. Louis Bellenand.